Pasión por los motores

MUSCLE CARS

DEANNA CASWELL

BLACK RABBIT BOOKS

Bolt es una publicación de Black Rabbit Books
P.O. Box 3263, Mankato, Minnesota, 56002.
www.blackrabbitbooks.com
Copyright © 2018 Black Rabbit Books

Jennifer Besel, editora; Grant Gould, diseño interior;
Michael Sellner, diseño de portadas;
Omay Ayres, investigación fotográfica
Traducción de Victory Productions, www.victoryprd.com

Información del catálogo de publicaciones de la biblioteca del congreso
ISBN 978-1-68072-577-3 (library binding)

Impreso en los Estados Unidos de América

Créditos de imágenes

AP Images: Performance Image, 17 (superior), 28 (superior derecha); PR NEWSWIRE, 4–5, 25 (superior); Roger Bacon / REUTERS, 17 (inferior); Stan Rohrer, 28 (superior derecha); Dreamstime: Jerry Coli / Wickedgood, 9 (superior derecha); Randomshots, 9 (inferior); Hemmings Muscle Machines: Dino Petrocelli Keeping the Faith, 12–13; http://media.chevrolet.com/media: GM Media, 26; iStock: Anton_Sokolov, 22–23; nickej, 1, Contraportada; shanesabin, 8–9; Shane Shaw, 18; Newscom: Ingram Publishing, 24–25 (inferior); Shutterstock: Alexey Broslavets, 31; Art Konovalov, 32; Brad Remy, 21; Castleski, 28 (inferior); DeepGreen, 10; Ed Aldridge, 3; galimovma79, 6, 19, 28–29; Ken Tannenbaum, 29 (inferior); Maksim Toome, Portada; w-dog.net: Unknown, 7; Wikipedia Commons: CZmarlin / Christopher Ziemnowicz, 14–15; Hunttriumph1500, 29 (superior)
Se ha hecho todo esfuerzo posible para establecer contacto con los titulares de los derechos de autor del material reproducido en este libro. Cualquier omisión será rectificada en impresiones posteriores previo aviso a la editorial.

Contenido

Un poder increíble

El conductor aprieta el pedal del acelerador. El motor del *muscle car* ruge. Las personas se dan vuelta para mirar. Las llantas traseras patinan y arrojan piedras sueltas. Después, el carro desaparece. Solo queda una nube de polvo.

Poderosos y ágiles

Los *muscle cars* se ven fuertes. Tienen motores grandes. Aceleran más rápido que los carros normales. Cuando la luz cambia a verde, ¡salen zumbando! Es divertido ver pasar los *muscle cars* por las calles de la ciudad. Ellos también se desempeñan bien en las **carreras de arrancones**.

Cuando los *muscle cars* aparecieron por primera vez, los fabricantes los llamaron "supercarros". Se decía que los motores de estos carros tenían mucho músculo. Entonces comenzaron a llamarlos *muscle cars*, o "autos musculosos".

En números

TIEMPO PROMEDIO EN IR DE
0 a 60 MILLAS
(97 KILOMETROS) POR HORA

UNOS
7
SEGUNDOS

UNOS
13
SEGUNDOS

TIEMPO PROMEDIO QUE TARDA UN *MUSCLE CAR* EN RECORRER .25 MILLAS (.40 KM)

9 A 12 MILLAS
(14 A 19 KM) POR GALÓN
rendimiento de un Ford Mustang
Shelby GT500 1967

UNOS
$3,000
COSTO DE UN PONTIAC
GTO EN 1964

CAPÍTULO 2

La historia de los *muscle cars*

Los primeros *muscle cars* aparecieron a mediados del siglo xx. En 1949, Oldsmobile presentó el Rocket 88. Este carro tenía una carrocería liviana con un poderoso motor V8. Esta combinación lo hacía muy potente.

El Rocket fue apenas el comienzo. Durante la década de 1950, los carros se hicieron cada vez más veloces. A mediados de la década de 1960, los verdaderos *muscle cars* comenzaron a rugir.

La edad de oro de los *muscle cars*

John DeLorean construía carros para Pontiac. En 1964, él tuvo una gran idea. Instaló un motor grande en uno de los modelos más pequeños de Pontiac. Dotó el carro con tomas de aire en el capó y una **suspensión** firme. El GTO era poderoso y divertido de conducir. Además, su precio era **económico**. En el primer año se vendieron 32,450 GTO. Esto dio inicio a la moda de los *muscle cars*.

El GTO recibió el apodo de "The Goat", la cabra.

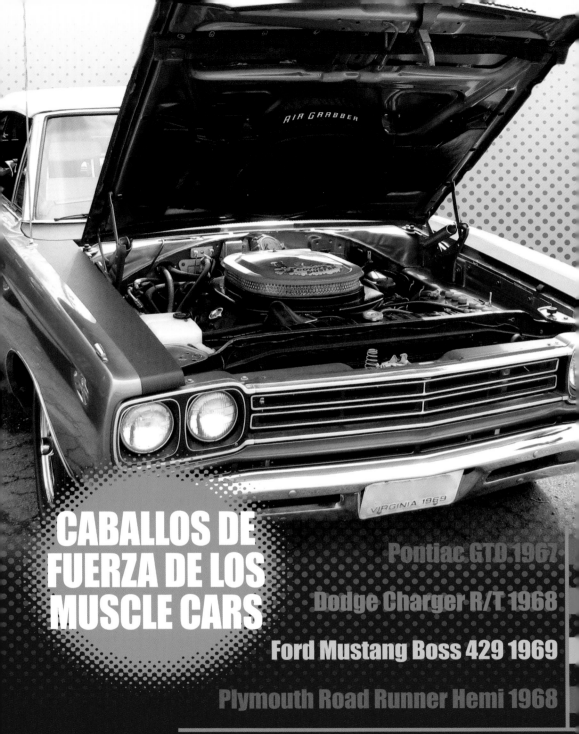

CABALLOS DE FUERZA DE LOS MUSCLE CARS

Pontiac GTO 1967

Dodge Charger R/T 1968

Ford Mustang Boss 429 1969

Plymouth Road Runner Hemi 1968

Cada vez más veloces

Otros fabricantes de autos querían vender carros como el GTO. Ellos competían para producir carros veloces, geniales y económicos. Construyeron motores más grandes. También hicieron que los carros se vieran más fuertes. Estos carros podían ir cada vez más rápido. Más y más personas compraban los *muscle cars*.

360

375

375

425

| 300 | 325 | 350 | 375 | 400 | 425 |

Los carros poni

Los carros poni también aparecieron en la década de 1960. Al igual que los *muscle cars*, los carros poni son carros pequeños con motores grandes. De hecho, muchos carros poni de gran potencia se consideran *muscle cars*. Los carros poni se parecen mucho a los *muscle cars*. Sin embargo, los ponis suelen tener el maletero más corto. La mayoría de los carros poni son mejores en las curvas.

El Ford Mustang 1964 inspiró el sobrenombre de "carro poni". Los Mustangs tenían un logo en forma de caballo. Fue así como comenzaron a llamarlos "carros poni". El nombre se quedó.

El fin de una era

A principio de la década de 1970, Estados Unidos empezó a cambiar. La **escasez** de combustible hizo que aumentaran los precios de la gasolina. Además, las personas se preocupaban por la seguridad. Los grandes motores y las carrocerías pequeñas hacían que los *muscle cars* fueran peligrosos. Además, estos carros consumían grandes cantidades de gasolina. La gente dejó de comprar los *muscle cars*.

Hoy en día, los coleccionistas compran *muscle cars* originales. Estos carros son escasos. En el 2013, un Camaro ZL1 1969 fue vendido por $535,000.

CAPÍTULO 3

Partes de un
Muscle Car

El motor V8 es el corazón de un *muscle car*. Los V8 tienen ocho **cilindros**. Dentro del cilindro, los **pistones** mezclan el combustible y el aire. Luego las **bujías** encienden la mezcla. Esta reacción le da su potencia al motor. Más cilindros significa mayor potencia.

Motores V8

UN MUSCLE CAR CLÁSICO

TOMAS DE AIRE

FRENTE LARGO

MOTOR GRANDE

COLOR BRILLANTE

LLANTAS

CAPÍTULO 4

El futuro de los muscle cars

A principios del siglo XXI, los estadounidenses vieron un **resurgimiento** de los *muscle cars*. Las compañías hicieron carros parecidos a los *muscle cars* originales. En el 2005, Ford reintrodujo su carro poni. Actualmente, las compañías siguen fabricando ponis y *muscle cars*.

Dodge Challenger SRT Hellcat 2016

707 CABALLOS DE FUERZA
197.7 PULGADAS (502 CENTÍMETROS) DE LONGITUD
4,469 LIBRAS (2,027 KILOGRAMOS)

Challenger R/T Hemi 1970

425 CABALLOS DE FUERZA
191.3 PULGADAS (486 CM)
DE LONGITUD
UNAS 3,400 LIBRAS
(1,542 KG)

A toda potencia

Los *muscle cars* modernos tienen mejor motores. Todavía se ven fuertes, pero son mejores para el medio ambiente.

El interés por los *muscle cars* nunca ha desaparecido. Hoy en día, pueden verse a la vez los *muscle cars* modernos y los clásicos corriendo por las calles. Los nuevos *muscle cars* son diferentes de los clásicos. Pero todavía tienen mucho en común. ¡Todos son poderosos, veloces y divertidos!

1967

1964

Pontiac lanza el GTO.

Se instalan motores grandes en los carros poni.

1940

Termina la Segunda Guerra Mundial.

1945

El hombre camina por primera vez en la Luna.

1969

1973

Empieza la escasez de combustible.

2014

Aparece el Dodge Challenger SRT Hellcat.

2016

El volcán del Monte Santa Helena hace erupción.

1980

Los terroristas atacan el World Trade Center y el Pentágono.

2001

bujía — parte del motor que produce una chispa que hace que el combustible se queme

caballo de fuerza — unidad que se usa para medir la potencia de los motores

carrera de arrancones —competencia en la que se corren autos a gran velocidad en distancias cortas; también carrera de piques o *drag race*

cilindro — una parte del motor

económico — poco costoso

escasez — situación en la que no hay suficiente de alguna cosa necesaria

pistón — parte del motor que se mueve hacia arriba y hacia abajo dentro de un cilindro

rendimiento — cantidad promedio de la distancia que recorre un vehículo con un galón de gasolina

resurgimiento — nuevo crecimiento o aumento

suspensión — sistema de dispositivos que apoyan la parte superior de un vehículo sobre los ejes

ÍNDICE